글·그림 조명자

손으로 그리고 다듬고 색칠하고 오리고 작업하다 보면 어느새 그림 속에 꿈과 기쁨,
희망을 담아 작업하는 나를 봅니다. 앞으로도 그런 그림책을 짓는 작가가 되고 싶습니다.
아이 스스로 마음속에 자신을 믿고 이해하는 작은 소리를 간직하기 바라는 마음을 이 책에
담았습니다. 기분이 울적할 땐 좋아하는 음악을 듣거나 맛있는 음식을 먹거나 좋아하는 친구를
만나면서 행복해하면 좋겠습니다. 그렇게 행복해지는 나를 느껴 보면 좋겠습니다.
이제까지 그린 책으로는 《긍정 습관》, 《손에 잡히는 사회교과서 14》, 《나를 만드는 착한 꿈》 들이
있습니다.

 **글·그림 조명자**

초판 1쇄 찍은날 2014년 11월 17일 **초판 4쇄 펴낸날** 2025년 1월 2일
펴낸이 김병오 **펴낸곳** (주)킨더랜드 등록 제406-2015-000037호
주소 경기도 파주시 회동길 512 B동 3F **전화** 031-919-2734 **팩스** 031-919-2735
제조자 (주)킨더랜드 **제조국** 대한민국 **사용연령** 5세 이상

나를 싫어하나 봐

글·그림 조명자

킨더랜드

나는 늘 혼자야.
친구들과 어울리고 싶은데
그게 잘 안 돼.
가슴만 두근거리고 입이 안 떨어져.
용기가 안 나.
이런 나를 친구들은 싫어하겠지?

친구들이 왜 너를 싫어한다고 생각해?

어느 추운 겨울 날이었어.
얼음 썰매를 타고 놀았는데
친구가 밀치는 바람에
넘어져 다친 적이 있었어.

부은 얼굴이 아파서 자꾸 눈물이 났어.
그런데 아픈 것보다
내가 좋아하는 친구가
나를 보고 있다고 생각하니
더욱 창피하고 속상했어.

친구들이 점심시간에 자기들끼리만 밥을 먹는 거야.
나랑 같이 먹으면 밥이 맛없나 봐!

운동장에서 놀 때도
나만 쏙 빼놓고 놀았어.
그때 내가 얼마나 슬펐는지 알아?

지난번 미술 시간에 만들기 수업을 했어.
친구들이 내가 만든 양을 보고
밉다고 했어.

다른 건 없어?

날마다 그런 거야?

즐거운 기억을 떠올려 봐.

나에게 즐거운 일이 있었나?

아!
아주 친한 삼총사 친구가 있었어.
늘 같이 몰려다녀서
어른들은 우리가 자매인 줄 알았대.

버스를 타고 외갓집에 놀러 간 적도 있어.
먼 길이었지만 삼총사가 함께 가니까
정말 재미있었어. 신났어!

내가 가장 자신 있게 부는 악기는 리코더야.
선생님이 잘한다고 칭찬하셨어.

체육 시간에 줄넘기를 하면
모두 다 나를 따라 해.
"우아! 2단 뛰기를 어쩜 그렇게 잘해?"

친구들과 같이하는
'무궁화 꽃이 피었습니다'는
날마다 해도 즐거워!

아직도 친구들이
널 싫어한다고 생각해?